Ptiluc

LES HUMANOÏDES ASSOCIÉS

ni Dieu ni Bête

tome 1

ÉLUCUBRATIONS PRIMALES

Conception graphique : Didier Gonord

NI DIEU NI BÊTES T. 1
ÉLUCUBRATIONS PRIMALES

Première édition : mars 1992 · LES HUMANOÏDES ASSOCIÉS

Dépôt légal : mars 1992

Achevé d'imprimer en février 1992
sur les presses de l'imprimerie Tardy Quercy, à Bourges
ISBN : 2.7316.1022.0
41.0656.3

SECOURS CATHOLIQUE
BROOOOO
REGARDE, PETIT...
...LES HOMMES.
LES HOMMES ?
VIEUX SAGE, CHEF SPIRITUEL DE NOTRE CLAN, DIS-MOI C'QUE C'EST ?
LA PERFECTION, PETIT.
LES HOMMES ONT INVENTÉ DES MACHINES À SE DÉPLACER !!
ILS VONT D'UN BOUT À L'AUTRE DE LA BROUSSE !
DES TOMOBILES !
C'EST PAS JUSTE !
MAIS ON N'A RIEN À Y FOUTRE DE L'AUT' CÔTÉ D'LA BROUSSE, GRAND MAÎTRE, À QUOI ÇA SERT DE POUVOIR ALLER D'UN BOUT À L'AUTRE SANS SE FATIGUER, ALORS QUE, NOUS, ON RESTE ICI, ET C'EST PAS PLUS FATIGANT...
LES MACHIIIIINES !! POURQUOI QU'ON A DEUX FOIS PLUS DE MAINS ET QU'ON N'A PAS PU INVENTER LES MACHIIIIINES !!?
MÊME AU PIANO ON EST NUUULS !
Y NOUS ÉCRASENT...
J'ARRIVE PAS À TOUT COMPRENDRE !
TU SAIS TROP D'CHOSES !
POURTANT NOS DOIGTS SONT SI LONGS... REGARDE-MOI TOUS CES DOIGTS !
MOI, JUSTE J'ME BALANCE,
ÇA M'SUFFIT...
COMBIEN DE DOIGTS PETIT, COMBIEN ??
DIS-MOI !
C'EST UN JEU !
T'ES CAP' D'ME DIRE, PETIT ?
YAAAAAAAH
PLEIN DE DOIGTS RIEN QUE POUR BOUFFER DES CACAHUÈTES
QUEL GÂCHIIIIIIIIS

COMMENT J'M'ARRRRRÊÊÊÊÊTE ?
TOI QUI SAIS TANT D'CHOOOOOSES ?
ET QUELQUES BANANES, BON D'ACCORD, ÇA S'EFFEUILLE AVEC APPLICATION... MAIS ÇA NE SUFFIT PAS...
ZFZFZF
SERS-TOI DE TES MAINS, PETIT ; POUR UNE FOIS QU'ELLES PEUVENT T'ÊTRE UTILES ; SERRE LA BRANCHE AVEC PROGRESSION ET FERMETÉ !
FAIS LE FREIN !
CHHRRRRRR
OH OUIIII... ON DIRAIT LE FABULEUX GRINCEMENT DES FERODOS SUR L'ALLIAGE DU DISQUE CHAUFFÉ À BLANC ! C'EST COMME SI ON AVAIT INVENTÉ UNE MACHINE, NOUS AUSSI... TU M'FAIS RÊVER, PETIT !
ET APRÈS, CHEF, JE FAIS QUOI ?
FFCHHHHHHH
Y F'RAIENT QUOI, LES HOMMES, AVEC LEURS MACHINES, LÀ, CHEF ?
C'EST LES FREINS QUI ONT LÂCHÉ, LÀ, BWANA !
FCHHHH
VIENS, PETIT, JE VAIS T'EXPLIQUER CE QUE SONT L'HOMME ET LA BÊTE...
SI NOUS ON N'EST PAS L'HOMME, SOMMES-NOUS LA BÊTE ?
J'EN AI BIEN PEUR... MAIS TOUT LE MONDE A LE DROIT DE CROIRE À L'ASCENSION SOCIALE !
TU DIS QUE DES TRUCS COMPLIQUÉS, L'ANCÊTRE... C'EST TROP D'UN COUP ! ÇA M'FATIGUE... J'VEUX ALLER ROUPILLER !
VOILÀ ; VOILÀÀÀ ; C'EST COMME ÇA QU'ON RESTE UNE BÊTE... Y A DU BOULOT POUR TE FAIRE GRIMPER L'ÉCHELLE DE L'ÉVOLUTION...
ÇA OUI !
BOING
BOING

ATTENDS, PETIT, TU VAS VOIR LA BÊTE À L'ÉTAT BRUT !
Y'EN A POUR LONGTEMPS ?
VA FAIRE QUELQUES PAS DANS L'EAU... ÇA VA L'ATTIRER !
EH... OH... TU M'PRENDS POUR UN CON, PÉPE !?
ET ALORS ? COMMENT J'VAIS T'ÉDUQUER, MOI ?... TE FAIRE ACCÉDER À LA SAGESSE !?
J'IRAI PAS PU LOIN QU'CETTE LIMITE, LÀÀÀÀ
ÇA, C'EST H'CH'MENT SAGESSE, ÇA !
PARCE QU'ÉCRIRE SES LIMITES SUR UN SUPPORT FLUIDE, C'EST LA SAGESSE, P'TÊT' ?!
CH'UIS P'TÊT' POÈTE ! C'EST POÈTE, LES HOMMES ET LES MACHINES?
TU VEUX UN FRUIT ?!
ET ALOOORS ?!
VOUS VOLEZ MES MANGUES QUI SONT CE QUE J'AIME LE MIEUX AU MONDE !
VOUS JOUEZ DE MALCHANCE, MON P'TIT GARS...
PITIÉ, MONSEIGNEUR !
NE DITES PAS MONSEIGNEUR ; DITES : LA BÊTE !
C'ÉTAIT PAS POUR MOI, M'SIEUR, C'ÉTAIT POUR LE VIEUX !
Z'AVEZ QU'À MANGER LE VIEUX...
AH ! TU VOIS ! MÊME QU'IL LE RECONNAIT TOUT SEUL ! VOILÀ LA BÊTE !
EUH, PARDON, JE VOUS PRIE ; JE N'AI PAS FINI MA TIRADE !
CE SIMPLE VOL MÉRITE LA MORT !
UNE SECONDE !

QUOI, UNE SECONDE ? QUOI !?
JE N'AI FAIT APPEL À VOUS QUE POUR EXPLIQUER À CE JEUNE CRÉTIN CE QU'EST UNE BÊTE !!
TAP
TAP
HELLO
FAIT QUE, D'AILLEURS, VOUS RECONNAISSEZ AVEC UNE FORT BELLE HONNÊTETÉ ; VOTRE STATUT DE BÊTE VA ME PERMETTRE DE...
ON NE DISCUTE PAS SON HEURE DE MOURIR... C'EST LA SEULE CHOSE POUR LAQUELLE PERSONNE N'A JAMAIS PU MODIFIER QUOI QUE CE SOIT !
DE PLUS, J'AI TRÈS FAIM !
OUI
CERTES !
KLK KLK KLK
OUAIÏS, NOUS AUSSI ON A FAIM !
À LA BOUUUFFE !
LAISSEZ PASSER !
GLB
AÏAÏAÏÏ
J'VEUX PASSER PREM'S !
TZOÏNG
D'ABORD, LES REQUINS ONT RIEN À FOUTRE ICI ! C'EST PAS UNE EAU POUR EUX ! C'EST CONTRE NATURE !
C'EST ÇA, ON VEUT ME VIRER PARCE QU'ON FAIT SON JALOUX !
QUOI !?
OUI, PARFAITEMENT, PARCE QUE MES DENTS SONT ENCORE PLUS REDOUTABLES QUE LES VÔTRES !
ZZZZZZZZZZZZZZZZZZZZ
HÉ, LÀ-BAS !! OÙ ALLEZ-VOUS ?!
C'T'À DIRE QUE, NOUS, ON A AUT'CHOSE À FAIRE... JE NE VOULAIS PAS DÉRANGER... MAIS SI VOUS Y TENEZ VRAIMENT, ON PEUT SE REVOIR ULTÉRIEUREMENT...

PRENONS RENDEZ-VOUS, SI VOUS VOULEZ... L'HORAIRE EST UN PARTICULARISME SI DÉLICIEUSEMENT HUMAIN ; VOUS VOUS RENDEZ COMPTE DU BOND EN AVANT DANS L'ÉCHELLE DE L'ÉVOLUTION !
BON ! PRENONS RENDEZ-VOUS : QUELQU'UN A UN PAPIER ET UN CRAYON ?
ÇA VOUS VA, LE VINGT-HUIT À ONZE HEURES TRENTE ?
ON DÉJEUNE ENSEMBLE !
EH ! À PROPOS, Y'A DES HUMAINS ÉCHOUÉS À TROIS MÉANDRES EN AMONT...
À QUELLE HEURE ?
DES HOMMES !! VITE ! COUPONS PAR LA FORÊT, ON Y SERA AVANT EUX !
QU'EST-C'QUE C'EST ÉPUISANT, L'ACCESSION À L'HUMANITÉ !
EH OUI ! ON AURAIT UN BON VIEUX QUATKAT, ON Y S'RAIT DÉJÀ !
OUI, MAIS N'EMPÊCHE QU'ON S'RAIT RESTÉS DANS NOTRE ARBRE, ET BIN, ÇA S'RAIT PAS MAL NON PLUS !
NE DIS PAS DE CONNERIES ! ON EST EN TRAIN DE S'HUMANISER À TOUTES BLINDES !
LE STRESS DE L'HORAIRE ; TU T'RENDS COMPTE ?
LA PERFECTION NOUS GUETTE !
ÇA VA R'PARTIR, BWANA ?
PASSE-MOI LA CLEF DE DOUZE !
SECOURS CATHOLIQUE
ZZZZZZZZZZ
ON ARRIVE TROP TARD !?
PAS SÛR... Y Z'ONT PAS DÛ BOUFFER LE CHARGEMENT !

ATTRAPE!
OUAIP!
TOUTES CES CAISSES ! AVEC DEDANS DES ÉCHANTILLONS DE TOUT CE QUI FAIT LA SUPÉRIORITÉ DE L'HOMME: J'EN BAVE!
CHEF!
ET ALORS ! IL S'EST TIRÉ, L'ANIMAL !
MOI, ÇA M'PLAÎT MIEUX COMME STATUT, "ANIMAL"... C'EST MOINS LOURD À SUPPORTER... DITES, CHEF, SI ON LES VIDAIT, CES CAISSES, ÇA S'RAIT MOINS CHIANT POUR LES MONTER DANS NOTRE ARBRE...
ON EN F'RA DES CABANES, CHEF ?
LÀ, CH' COMPRENDS PLUS ! QUEL PEUT ÊTRE, DANS LA SUPÉRIORITÉ DE L'HOMME, LE RÔLE DE CETTE FIGURINE TRISTEMENT PUNAISÉE ?
ON S'EN FOUT, CHEF ; ON LES BALANCE, ET ON S'FAIT DES CABANES AVEC LES CAISSES !
DES SUPER-CABANES !
C'EST QUOIII, CHEEEF ??
UN CIMETIÈRE MILITAIRE, PETIT... LA GRANDEUR DE L'HOMME SE MESURE À LA TAILLE DE SES CIMETIÈRES MILITAIRES...
IL NE ME RESTE PLUS QU'À TROUVER À QUI FAIRE LA GUERRE ! C'EST QU'Y A PAS GRAND-MONDE, ICI... PUIS, L'HOMME SE BAT TOUJOURS CONTRE SON SEMBLABLE, ET DANS LE GENRE, JE VOIS QUE TOI DE DISPONIBLE DANS LE COIN... ÇA T'DIT PAS QU'ON S'FASSE LA GUERRE ?
PAS QUESTION ! TROP D'BOULOT AVEC MES CABANES !
SERIONS-NOUS CONDAMNÉS À RESTER DES BÊTES ?
ET APRÈS, PAPÉÉH, JE PLANTERAI DES ŒILLETS TOUT AUTOUR !

TU SAIS QU'TU M'GONFLES, TOI !??
CROUT CROUT
MOI ?
NON, PAS TOI, PETIT...
JE CROYAIS QUE T'AIMAIS PAS MES CABANES !
SI Y'AVAIT QUE TOI ET TES CABANES, TOUT SERAIT SI SIMPLE...
BON, ÇA VA...
MAIS QUI QU'T'ENGUEULES, ALORS ?
C'EST LUI, LÀ-BAAAS, LE GRAND NIAIS DE L'HORIZON !
LUI QUI, LÀ-BAS, DEPUIS TOUJOURS, NOUS NARGUE DE SA PUISSANTE SÉRÉNITÉ ; LUI QUI NE DOIT FAIRE LA GUERRE À PERSONNE POUR TOUS LES ÉCRASER... JUSTE ÊTRE LÀ... ... IMMOBILE...
MAIS VOYONS, POURQUOI S'AFFOLER ? IL NE S'AGIT QUE D'UNE SIMPLE MONTAGNE !
OUI ; MAIS CELLE-LÀ EST TRÈS SPÉCIALE ; ELLE EST SEULE À DOMINER TOUTES LES CRÉATURES QUI L'ENTOURENT EN VAQUANT À LEURS OCCUPATIONS DE SURVIE...
À SES PIEDS, TOUTE LA SAVANE S'AGITE... ON NAÎT, ON MEURT, ON SUBIT L'IMPLACABLE LOI FONDAMENTALE : "DÈS QU'ON EST LÀ, C'EST POUR EN FINIR" AVEC, COMME COROLLAIRE DIRECT ET INÉVITABLE, "LE TOUT ÉTANT DE SAVOIR QUAND !"
ET Y'EN A QUI FONT DES CABANES...
QUELLE DÉRISION !

À L'ÉPOQUE, TYRANNOSAURUS, ICHTYOSAURUS ET AUTRES CHEFS DE GUERRE SANGUINAIRES S'ÉTRIPAIENT À MORT. ...DES COMBATS TERRIBLES... ET LES TRANQUILLES HERBIVORES, GENRE BRONTOSAURES, EN PRENAIENT PLEIN LA GUEULE... VICTIMES ANONYMES DONT PRÉHISTOIRE ET HISTOIRE ONT OUBLIÉ LE MARTYRE POUR NE RETENIR, GRAVÉS DANS LEUR SUBCONSCIENT, QUE LES GRANDS CARNASSIERS MYTHIQUES QUI, ENCORE AUJOURD'HUI, HANTENT LE SOMMEIL DES NÉVROPATHES CYCLIQUES...

ON DIT QU'À L'ÉPOQUE, KILIMANDJARO SE FÂCHA TERRIBLE... TOUT CE RAFFUT DEVAIT L'EMPÊCHER DE DORMIR...
ALORS, IL A CRACHÉ LE FEU TOUT PARTOUT... IL LES A BIEN FOUTUS MINABLES, LES CHEFS DE GUERRE... QUAND L'ÉTERNITÉ SE FÂCHE, L'ÊTRE ÉPHÉMÈRE N'EST PLUS RIEN...
IL EST PROMIS AU NÉANT QUI L'ACCUEILLE BIEN VOLONTIERS, CAR LUI AUSSI EST FAIT D'ÉTERNITÉ...
SKUD
... PUIS LE CALME REVINT SUR LA SAVANE QUI N'EN AVAIT PLUS QUE LE NOM...
TOUS CES ÊTRES BARBARES ET TRIVIAUX ONT DISPARU, POUR FAIRE PLACE, QUAND REPOUSSA LA SAVANE, À CETTE PERFECTION QU'ON APPELLE L'HOMME !
OR L'HOMME, DEPUIS, S'EST ÉGALEMENT MIS À FAIRE LA GUERRE... ET EN PLUS, À SON SEMBLABLE !
JE CROIS DONC, PETIT, QUE SI NOUS VOULONS NOUS ÉLEVER PLUS HAUT QUE L'HOMME, C'EST À KILIMANDJARO QU'IL NOUS FAUT FAIRE LA GUERRE !
MAIS, GUERROYER CONTRE L'ÉTERNITÉ N'EST-IL PAS UN PEU TROP AMBITIEUX ?
JE CROIS QU'IL NE FAUT PAS Y RÉFLÉCHIR...
LES HOMMES, EUX, NE RÉFLÉCHISSENT AUX ABERRATIONS DE LEURS GUERRES QU'APRÈS LA DÉBÂCLE... C'EST LA RÈGLE ! IL FAUT QUE JE SOUMETTE TOUT CECI AU JUGEMENT D'UN CONSEIL DE SAGES...

VOILÀ DONC, MES AMIS, CE QUE J'AVAIS À VOUS SOUMETTRE; ÉLEVONS-NOUS PLUS HAUT QUE L'HOMME EN COMBATTANT PLUS INCOMMENSURABLE QUE LUI !
TON IDÉE EST BIEN SYMPATHIQUE, AMI, MAIS BALANCER QUELQUES NOIX DE COCO À LA GUEULE DE KILIMANDJARO L'ÉBRANLERA-T-IL PLUS QUE PISSER DANS LE ZAMBÈSE ?
NE SERAIT-IL PAS BEAUCOUP MOINS FATIGANT DE RESTER TRANQUILLEMENT SUR NOS BRANCHES À SIROTER UN QUELCONQUE PETIT JUS ?
N'ORIENTERIONS-NOUS PAS NOTRE OBJECTIF DE COMBAT VERS DES ASPIRATIONS PLUS CONFORMES À NOS PRÉOCCUPATIONS QUOTIDIENNES ?
MANGER...
DORMIR...
TRÈS BONNE IDÉE; SURTOUT QUAND ON SAIT QUE LES CONVOIS HUMANITAIRES AMÈNENT TOUJOURS NOURRITURE ET COUVERTURES... LA CIBLE SEMBLE FACILE... ON S'POSTE AU COIN D'LA PISTE, ET ON ATTEND...
Forêt
piste
Savane
Savane
ATTAQUER L'HOMME NOTRE MODÈLE ? TOUT BÊTEMENT ? JE N'SAIS PLUS QUE DIRE !
REMARQUEZ; VU SA DÉMOGRAPHIE INVERSEMENT PROPORTIONNELLE À CELLE DE TOUS LES ÊTRES VIVANTS, IL Y AURA AUSSI, DANS CET AFFRONTEMENT, UNE DIMENSION MYTHIQUE NON NÉGLIGEABLE... SEULS CONTRE L'IMMENSITÉ HUMAINE ET TOUTE SA TERRIFIANTE TECHNOLOGIE... COMME ÇA SERA BEAU !
ÇA TOMBE BIEN, J'APERÇOIS UN CAMION... À NOUS CONFORT ET GASTRONOMIE !
VRL VRL VRLVRL
QUITTE PLUS LES RAILS, BOB, SINON ON VA S'VIANDER !
PUTAINS D'ORNIÈRES !
VRLVRLVRLVRL
LVRLVRLVRLVRRLRR

BONG
UNE ATTAQUE, BWANA !
GAFFE, MERDE ! ON VA S'VIANDER !
VICTOIRE !
C'EST ÇA ! CASSE-TOI !
BING
OK ! OK !
ON S'PLANQUE JUSTE UNE HEURE OU DEUX, BWANA ! ON R'VIENDRA PLUS TARD !
AMIS ! PUISSE CETTE PREMIÈRE VICTOIRE NOUS FAIRE ACCÉDER À LA QUALITÉ DE LA VIE HUMAINE...
LUXE, CALME ET VOLUPTÉ OUATÉE...
FINIRAI-JE PAR PERCER UN JOUR LE SECRET DU GÉNIE DE L'HOMME ?
Philuc II - 91

TU VAS VOIR, PETIT... POUR NOUS, IL REPRÉSENTE ÉNORMÉMENT... IL EST PARTI AU PAYS DES HOMMES, DANS LEUR CAPITALE, ET IL LES A AFFRONTÉS...
ET C'EST LÀ QU'IL HABITE, DEPUIS SON RETOUR !?
'XACTEMENT!
DIIINGUE...
MAIS ALORS, S'IL EST REVENU, C'EST QUE C'EST NUL CHEZ LES HOMMES !
JUSTEMENT ! FAUT QU'ON AILLE LUI POSER DES QUESTIONS !
C'EST LÀ, L'ENTRÉE? T'AS VU LE BORDEL !
IL FAUT QU'IL SE PRÉSERVE, TU COMPRENDS,... C'EST PAS N'IMPORTE QUI! T'IMAGINES, SI TOUT L'MONDE VIENT L'EMMERDER !!

ET LÀ, CHEF. C'EST QUOI QUI ARRIVE ?
MISS! UN SOURIRE, MISS!
QUELQUES MOTS, MISS PALMER!
KLIK
JE VOUS DIRAI JUSTE QUE C'EST MEEERVEILLEUX POUR MOI D'AVOIR ÉTÉ CHOISIE PARMI SIX CENTS CANDIDATES!
MAIS, MISS PALMER, AFFRONTER LE KING NE VOUS EFFRAYE PAS!?
IL FAUT OSER PRENDRE DES RISQUES POUR DÉMARRER UNE CARRIÈRE, NON ?
CNN
QU'EST-CE QUE C'EST QUE CE CIRQUE, CHEF ?
CH'AIS PAS, MAIS ÇA M'INQUIÈTE!
À BIENTÔT, MES AMIS! JE VOUS RACONTERAI TOUT!
ON Y VA!
TATIANA PALMER, QUI A RECONNU AVOIR VISIONNÉ DE MULTIPLES FOIS LES FILMS DU KING, ENVOIE À LA FOULE EN DÉLIRE UN SENSUEL BAISER D'ADIEU...
FFFFFFF
LES PORTES SE REFERMENT... UN GRAND SILENCE S'ABAT MAINTENANT SUR LA FOULE... CE MATIN, TATIANA NOUS A AVOUÉ RESSENTIR UNE CERTAINE APPRÉHENSION, MAIS, A-T-ELLE AJOUTÉ, LE KING SERAIT UN GRAND TENDRE
QUI SE CACHE
CLAC
CNN

QUEL COURAGE ! CETTE PETITE N'A PEUR DE RIEN... J'IGNORAIS QUE KONG SE FAISAIT ENCORE OFFRIR DES SACRIFICES HUMAINS...
DES SACRIFICES HUMAINS !? MAIS ALORS, IL EST PIRE QU'UNE BÊTE !
DIFFICILE À DIRE, PETIT ! IL EST AU-DELÀ DE TOUTES CHOSES, À CE STADE-LÀ, CERTAINES VALEURS NE SONT PLUS QUE FLATULENCES...
LE RESPECT DE LA VIE EST UN CONCEPT VAGUE ET FLOU QUI NE SÉVIT QUE DANS CERTAINES COUCHES HUMAINES, DONT FONT D'AILLEURS PARTIE LES TECHNOLOGISÉS D'OCCIDENT.
VAGUÉFLOU VAGUÉFLOUUUH
LE FAIT QUE LE DIEU KONG SE SOIT FROTTÉ À CETTE HUMANITÉ-LÀ NE L'EMPÊCHE PAS DE RESTER SINGE MALGRÉ TOUT !
DONC BÊTE ?
AH NOOON... ENFIN, JE NE SAIS PAS ! DIEU, BÊTE, HOMME... JE MÉLANGE TOUT ! JE VAIS FINIR PAR CROIRE QUE C'EST LA MÊME CHOSE !
T'IMAGINES, CHEF !? LE DIEU DES HUMAINS QUI SERAIT UN SINGE !
ON DIT QUE LE PREMIER HUMAIN LE FUT. ALORS, POURQUOI PAS CELUI QUI L'A PRÉCÉDÉ !?
ET POURQUOI, D'ABORD, QUELQU'UN L'AURAIT PRÉCÉDÉ ?
ZZZZ
OUAIIIS, LE DIEU DES HUMAINS, UN SINGE ! C'EST TROOP !! QUEL BORDEL ÇA VA FOUTRE QUAND ON VA L'DIRE À TOUT L'MONDE !
FROTI FROTA
TU CROIS QUE C'EST SEULEMENT LE GOÛT DE LA CHAIR FRAÎCHE QUI A INCITÉ KONG À FAIRE VENIR CETTE JEUNE PERSONNE ?
YOUHOUUUUU! C'EST MOIIIII !

AAARH
OUIiii ! GÉNIAAL ! MÉGA - SUPEEER !
ET MAINTENANT ?
ON ATTEND UN PEU...
QUAND IL AURA FINI SON CINOCHE, ON POURRA P'TET' CAUSER...
OH OUiii ! FAIS-MOI COMME TU LEUR FAISAIS, AUX AUTRES... C'EST DOUUUUX...
HONK HONK
À QUOI Y JOUE, LÀ ?!
AH OUiiiiii MÉGA COOOOOL !
RRROOOOR
CONTINUE, GRAND FAUVE, ACHÈVE-MOI !
PRT
TA GUEULE, PÉTASSE !!
RK

KONG, T'ES CON, MERDE! UN DIEU, ÇA FAIT PAS ÇA, QUOI!!
OUAIS... KING CON, EH!
DE QUOI?
POURQUOI, KONG, DIS-NOUS, QU'ON SACHE, PASSSQUE LÀ, ON SAIT PLUS TROP BIEN, SOMME TOUTE!
NON MAIS, TU VEUX BIEN LA BOUCLER?
ET POURQUOI, D'ABORD, UN DIEU DOIT-IL COLLER À L'IMAGE DE L'ARCHÉTYPE MANICHÉEN JUDÉO-CHRÉTIEN OCCIDENTAL? TENDANCE "BIEN„? HEIN?
TU VEUX PAS LE REDIRE LENTEMENT, LÀ?
OU LE NOTER, QU'ON PUISSE RELIRE!
POURQUOI UN DIEU NE SERAIT-IL PAS SIMPLEMENT À L'IMAGE DU CHAOS, COMME TOUT CE QUI DÉPASSE L'HUMAIN?
LE BIEN, ÇA VEUT RIEN DIRE!
LE CHAOS, C'EST BEAUCOUP PLUSSS MIEUX!
UN DIEU DOIT ÊTRE À C'POINT-LÀ!? QU'EN PENSES-TU, PETIT?
JE CONSULTE LES ÉCRITS SACRÉS DES GRANDS MAITRES.
Qu'est Dieu? Vincent Hardy
APRÈS, JE TE FAIS UN RÉSUMÉ...
ON NE FAIT PAS UN RÉSUMÉ DU CHAOS, ON LE PREND DANS LA GUEULE, ON LE CRAINT ET ON L'ADMIRE, PARCE QU'IL DÉPASSE TOUT!
ALORS TOI, T'ES COMME ÇA, KONG?
J'AURAIS TANT VOULU, MAIS ILS ONT TOUT CASSÉ!
BOM
C'EST POUR ÇA QUE T'ÉCRABOUILLES LES GONZESSES?
IL FAUT QUE JE LES ÉCRABOUILLE AVANT QUE CE NE SOIT ELLES QUI LE FASSENT, ELLES SONT MA FAIBLESSE... ILS LE SAVENT, ALORS ILS M'EN ENVOIENT COMME APPÂTS...

ELLES SONT SI FRAGILES ET INACCESSIBLES POUR MOI QUI NE SUIS BON QU'À ENCULER DES DINOSAURES...
VOYONS, KONG, C'EST PAS GRAVE! ON EST LÀ, NOUS...
TA GUEULE Y VA NOUS ENCULER!
TAP TAP
IL FAUT QUE JE LES ÉCRABOUILLE COMME DES ACCESSOIRES PASSAGERS, SINON ILS ARRIVERONT À ME FAIRE RETOURNER LÀ-BAS!
JE VEUX PLUS Y ALLER... DÉJÀ DEUX FOIS, AVEC LEUR TECHNOLOGIE DE MERDE, ILS M'ONT HUMILIÉ PUIS JETÉ COMME UNE CHIFFE; UN DIEU HUMILIÉ EST CONDAMNÉ À DISPARAÎTRE... ALORS JE ME SUIS RETIRÉ ICI!
MAIS C'EST TERRIBLE, TOUT ÇA! NOUS, ON VENAIT TE CONSULTER POUR QUE TU NOUS ENSEIGNES LES BIENFAITS QUE POUVAIT NOUS APPORTER L'HOMME MODERNE, ALORS, ON SE SENT UN PEU CON, LÀ!
HAHAHAHAHAHAHA
LES BIENFAITS DE L'HOMME MODERNE!? JE ME MARRE!
Mc DONALD
BON, ALLEZ, CASSEZ-VOUS MAINTENANT, LAISSEZ-MOI ME VIDER LA TÊTE...
AH, ÇA, Y SONT FORTS POUR VIDER LES TÊTES!
RÊVEZ PAS, ON FAIT ÇA POUR VOUS.
ET TELLEMENT BIEN!
KOKAKOooLAAH C'EST ÇAAA!
SOIF D'AUJOURD'HUI
COKE
?

JE SUIS ATTERRÉ !
MAIS JE SUIS LÀ, MOI, CHEF, ÇA VA ALLER !
TOUT SE MÉLANGE DANS MA TÊTE... JE N'Y VOIS PLUS QUI PEUT Y RAYONNER ... LE DIEU DÉCHU OU L'HOMME DÉVASTATEUR ?
VOUS M'DÉPRIMEZ, CHEF !
T'AS RAISON, BARRONS-NOUS D'ICI !
C'EST POURRI COMME ENDROIT.
FAUT L'OUBLIER...
ON RENTRE À LA MAISON ?
OUAIS, ON RENTRE.
ET ON OUBLIE VRAIMENT TOUT ?
ON ESSAYE DE S'Y APPLIQUER !
MAIS, CE TRUC AVEC UNE IMAGE QUI BOUGE ET QUI PENSE À NOT' PLACE, C'EST QUAND MÊME BALEZE...
NON ?
C'ÉTAIT JUSTEMENT EN TRAIN DE ME MANQUER... TU CROIS QUE C'EST NORMAL ?

QU'EST-C'QU'Y T'ARRIVE, L'ANCIEN ?
JE VIS UNE GRANDE DÉBÂCLE INTÉRIEURE...
C'EST QUOI, ÇA ?
JE DOUTE...
REGARDE CES INSECTES, ILS AVANCENT AVEC CONFIANCE ET CERTITUDE VERS LEUR DESTIN.
TAC
TU LEUR FOUS UN HANDICAP... AUCUNE IMPORTANCE !
À PEINE JE LE DIS, EUX, ILS SONT DÉJÀ ADAPTÉS !
INÉBRANLABLES DANS LEURS CERTITUDES ESSENTIELLES...
ET HI ET HO ON RENTRE DU BOULOT
PIRE ENCORE,
REGARDE :
JE CHOISIS UN MARTYR AU HASARD !
T'AS VU ? POUR LES AUTRES, IL N'A PAS PLUS D'IMPORTANCE QU'UN HANDICAP DE PLUS !
BERK
SALE
CACA
LES INSECTES SACRIFIENT TOUT SENTIMENT À L'EFFICACITÉ DE LA MARCHE DE LEUR SYSTÈME...
ÇA M'TUE !

LES MASSES INSECTES, EFFICACES ET LABORIEUSES, N'ONT PAS DE TEMPS POUR RÊVASSER, À PEINE POUR LE REPOS, TOUT POUR LEUR ACTION !
ET LEUR ACTION N'A DE SENS QUE SI TOUS Y PARTICIPENT ; MAIS AUCUN NE SONGERA À FAIRE AUT'CHOSE ; ON NE PENSE PAS CHEZ LES INSECTES !
...LA PENSÉE INSECTE N'EXISTE PAS, L'INDIVIDU ENCORE MOINS... TOUS PAREILS, UNIS VERS LE MÊME BUT ...EN AVANT, MINABLES !
IMAGINE-LES SEULEMENT COMME JE VIENS DE TE LES DÉCRIRE, MAIS AVEC LA MÊME TAILLE QUE NOUS !
ON DEVIENDRAIT QUOI ? J'TE L'DEMANDE !
ILS NOUS ASSERVIRONT TOUS... ON NE PENSERA PLUS, ON MARCHERA COMME EUX, OBSTINÉS ET INFAILLIBLES VERS UN BUT CRÉTIN !
ARRÊTE, CHEF, J'AI PEUR !
EN AVANT
BROM BROM BROM BROM BROM BROM BROM
NE CRAINS RIEN, PETIT !
NON ! PAS ÇA, CHEF !
LES INSECTES NE CONNAISSENT PAS LE DOUTE, ET MOI JE LES DÉGOMME...
...ET JE LES EMMERDE !
BUTTONS LES BUTÉS !
EN PLUS, Y SONT TOUT P'TITS...
C'EST FACILE...
PCHHH
PCHHHHHH
MAIS CHEF, C'EST PAS COOL !!
PEUT-ÊTRE, MAIS JE NE SUPPORTE PAS UNE TELLE OPINIÂTRETÉ...
...QUAND JE DÉCOUVRE QUE SEUL LE DOUTE ÉLÈVE L'ESPRIT.
C'EST PAS UN GÉNOCIDE, ÇA, CHEF ?
NON, UN INSECTICIDE.

MAINTENANT, JE PEUX DOUTER TRANQUILLEMENT...
MAIS DE QUOI DOUTAIS-TU, DÉJÀ ?
ZZZ
DE TOUT ET DE RIEN !
JE SAIS PLUS TROP...
DU PLAISIR MALSAIN QU'IL PROCURE...
... SANS DOUTE...
LE DOUTE.
CAR VOIS-TU, PETIT, JE...
?
AÏE ! SALE BÊTE !
MERDE ! C'EST PAS VRAI, ÇA !! C'EST POURRAVE, ICI !
PLANQUONS-NOUS ! VIIITE !
C'EST LES INSECTES QUI SE VENGENT, CHEF, ILS ENVOIENT LEUR ARMÉE DE L'AIR ! TU L'AS CHERCHÉ !!
RIEN À FOUTRE, J'AI L'ARME CHIMIQUE !
AÏE AÏE AÏE... ON VA CHOPER DES MALADIES !
PCHHHHH
Y PEUVENT VENIR, JE LES ATTENDS !
T'T'À L'HEURE, Y T'ONT ENTENDU, T'AS DU LEUR OUVRIR L'ESPRIT...
MAIS MERDE ! ON N'OUVRE PAS L'ESPRIT DES INSECTES Y'Z'EN ONT PAS !
EN ES-TU SI SÛR ?
EUH...
ALORS, CHUT ! ILS PEUVENT NOUS ENTENDRE, ILS SONT PARTOUT !
PCHHHHH
AÏE

TIENS ! TIENS ! TIENS !
'TENTION ! ÉCONOMISONS LES MUNITIONS !
PCHHH
T'AS RAISON, MERDE...
'SKUZE-MOI ! J'ME SUIS EMPORTÉ !
CHEF !
CHEF, C'EST TERRIBLE, ILS ONT FAIT UNE ALLIANCE !
CO... COMMENT ?
C'EST PAS UN INSECTE, C'EST UN ARACHNIDE !
UNE ALLIANCE ? DÉJÀ !!! C'EST PAS POSSIBLE ! JE RÊVE ! JE TE JURE QUE ÇA N'A PAS DE CERVELLE !
MÉFIONS-NOUS DES ARACHNIDES... S'ILS ONT VINGT CINQ POUR CENT DE PATTES EN PLUS, ILS ONT P'TÊT BEAUCOUP PLUS DE CERVELLE !
JE LUI AI FAIT UNE SÉPULTURE, FAUT PLUS LES VEXER !
CH... CHEF !
PLANQUONS-NOUS !
MAIS ÇA, C'EST PAS MÉCHANT... ÇA A JAMAIS FAIT DE MAL À PERSONNE !
CHHHT ! UN APPAREIL DE RECONNAISSANCE !
FIN D'ALERTE !
ON N'EN SORTIRA JAMAIS ! ON NE LUTTE PAS CONTRE DES...
!! ??
GNAP

SI UN SIMPLE OISILLON ANÉANTIT UN APPAREIL DE RECONNAISSANCE ENNEMI, ÇA VEUT DIRE QUOI !?
QU'ON S'EST FOURVOYÉS, PEUT-ÊTRE ?
ÇA VEUT DIRE QU'ON VA PASSER POUR DES CONS...
OUI, MAIS PERSONNE LE SAURA, Y'A PAS DE TÉMOIN !
NOUS SOMMES SIMPLEMENT VICTIMES D'UN PHÉNOMÈNE DE PSYCHOSE COLLECTIVE !
MAIS ON N'EST QUE DEUX !
ET ALORS ?
ET ALORS ? QU'EST-CE QUE ÇA PEUT FOUTRE... ON AURAIT ÉTÉ PLUS, NOUS AURIONS ASSISTÉ AU MÊME PHÉNOMÈNE, MAIS DRAMATIQUEMENT DÉMULTIPLIÉ !
LÀ, ON N'ÉTAIT QUE DEUX, C'EST TOUT... APRÈS TOUT, DEUX, C'EST PLUSIEURS, NON ? UN DÉBUT DE FOULE... LE TERRAIN FAVORABLE À DES PHÉNOMÈNES D'AUTOSUGGESTION DÉVASTATEURS...
ATTENDS, BOUGE PAS... J'ESSAYE DE TROUVER LE DÉCLENCHEUR DU PROCESSUS... SI ÇA POUVAIT ÊTRE LE DOUTE, ÇA COLLERAIT BIEN À L'ÉLABORATION DE MA THÉORIE...
AH OUAIS OUAIS... ÇA M'PLAÎT PAS MAL !
HÉ, SALUT VOUS DEUX ! ON VIENT BOIRE L'APÉRO !
AH NON, NON... UNE SECONDE ; FAUT QUE JE TROUVE ! C'EST LE DOUTE QUI OUVRIRAIT LA BRÈCHE OÙ PEUVENT S'ENGLOUTIR DES RUMEURS PAS MAÎTRISÉES !
MAIS OUIIIIII, VOILÀ POURQUOI L'HOMME, NOTRE SUPÉRIEUR ÉCRASANT, A INVENTÉ UNE MACHINE QUI PENSE POUR LUI, QUI NE LUI DISTILLE QUE DES VÉRITÉS ABSOLUES, C'EST POUR NE PLUS DOUTER OUIIIIIII !
SI C'EST LE DOUTE QUI ÉLÈVE L'HOMME, QUAND IL INVENTE UNE MACHINE QUI LE SUPPRIME, ALORS IL SE RABAISSE, NON ?
PUTAIN ! JE CROIS QUE J'AI TROUVÉ ! ALLEZ, ON BOIT UN COUP... APRÈS, J'VOUS FAIS UNE DÉMO...
UN P'TIT MALIBU ?
KRAK
AH ! TU NOUS INQUIÉTAIS, LÀ, J'DOIS DIRE !

BON ! VOUS ÊTES PRÊTS POUR MA DÉMONSTRATION ?
JE VAIS VOUS ANNONCER UNE NOUVELLE TERRIBLE !
LES INSECTES VIENNENT DE NOUS DÉCLARER LA GUERRE !
PFRRRR LUIIII
VOUS M'CROYEZ PAS !? 'VIDAMENT ! J'M'EN DOUTAIS...
MAINTENANT, VOUS ALLEZ VOIR !
TAP TAP
C'EST QUOI, C'TE MACHINE ?
MESDAMES ZÉ MESSIEURS ! NOUS APPRENONS À L'INSTANT PAR NOTRE ENVOYÉ SPÉCIAL DANS LA JUNGLE QUE LES INSECTES VIENNENT DE SE MOBILISER. LEUR ARMÉE SURENTRAÎNÉE AURAIT DÉJÀ LIVRÉ DES COMBATS D'UNE RARE VIOLENCE DANS LA RÉGION DE...
ÏÏÏRK
ALORS ?
INCROYABLEMENT CONVAINCANT, NON ?
SAUVE QUI PEUT !
TOUS AUX ABRIS !
SORTEZ LES MOUSTIQUAIRES !
MOUAIS...
PETIT, CETTE FOIS-CI, J'EN SUIS SÛR, NOUS VENONS DE FRANCHIR UN GRAND PAS VERS L'HUMANITÉ !
Y'A QUAND MÊME QUELQUE CHOSE QUI ME GÊNE DANS TOUT ÇA... MAIS QUOI ?!

ZAP
ZAP

VOIS-TU, ON EST OBLIGÉ DE PENSER À L'AVENIR EN TENANT COMPTE DE CET APPAREIL !
IL EST POUR L'HOMME MODERNE LA CLEF DE TOUT,
DONC,
POUR LE SINGE DE DEMAIN, SUBSÉQUEMMENT...
TOUT PETIT DÉJÀ, DISONS, QUAND J'AVAIS TON ÂGE...
...J'AVAIS REMARQUÉ L'APPARITION DU PHÉNOMÈNE.
BROM BROM BROM BOM BRR BRO
À L'ÉPOQUE, AVEC DES POTES, ON AVAIT SUIVI UN DE CES CAMIONS FAMEUX...
NOUS AVIONS DÉJÀ LA CERTITUDE QU'ILS AMENAIENT DANS NOS RÉGIONS DES CHOSES INDISPENSABLES À L'ÉLÉVATION D'UNE ESPÈCE...
NOUS BONS NOI'S, MISSIÉ! NOUS VOULOI' SIMPLEMENT ALLER À LA MECQUE !
MON OEIL FUT TOUT DE SUITE ATTIRÉ PAR UNE LUMIÈRE IRRÉELLE ET FANTASTIQUE...
DANS LA HUTTE, TOUTE LA TRIBU RESTAIT EN EXTASE DEVANT CETTE LUCARNE INCROYABLE...
DEMAIN, VIOLENTS ORAGES, PLUIE ET GRÊLE SUR LE LIMOUSIN ET LA BASSE-CREUSE...
$ $

TOC
SALES BÊTES
WAGUNDU
WAKATANKA
N'GOLO
BLAM BLAM
LES CHOSES SE SONT PASSÉES TRÈS VITE, ILS NOUS ONT VIOLEMMENT RENVOYÉS DANS NOS ARBRES, ET JE N'AI GARDÉ DE LA BOÎTE MAGIQUE QU'UN SOUVENIR TROUBLE ET INTENSE...
COUIIIIII!
COUIIIIIIINNNNE
MAIS IL Y A UNE CHOSE QUE J'AVAIS COMPRISE, C'EST QUE DÈS QU'ELLE ENTRE DANS LA VIE DES HOMMES, ELLE LEUR DEVIENT VITALE!
JE CROIS QU'ELLE LEUR INDIQUE LA MARCHE À SUIVRE...
LA MARCHE À SUIVRE POUR QUOI?
MAIS POUR VIVRE, VOYONS! ON NE VIT PAS SANS UNE MARCHE À SUIVRE!
POURQUOI?
PARCE QUE L'HOMME NE LE FAIT PAS!
C'EST DONC INHUMAIN!
INHUMAIN! PAS HUMAIN! LA SIMPLE FORMULATION DE CE TERME ME FOUT DE L'URTICAIRE!! LE PRESTIGE DE L'HOMME COMMENCE À ME GONFLER!
PETIT; TU VAS PAS TARDER À ÊTRE LA HONTE DE NOTRE RACE!
C'EST TOI, LA HONTE DE NOTRE RACE!! ON TE PLAÎT PAS COMME ON EST? TU TIENS VRAIMENT À CALQUER NOTRE MODE DE VIE SUR LE LEUR?
PETIIIIT... PETIIIIIIIT ARRRRÊTE!!

JE CHERCHE À NOUS FAIRE PROGRESSER ! EUX NE CESSENT DE LE FAIRE ; POURQUOI NOUS, ON S'ARRÊTERAIT ?
JE N'EN VOIS PAS L'UTILITÉ, JE ME SENS TRÈS BIEN AVEC UN ARBRE, TROIS BANANES, ET ÉVENTUELLEMENT UNE CABANE !
TU VOIS ! C'EST LE "ÉVENTUELLEMENT" QUI TE TRAHIT ! LE SIMPLE FAIT DE VOULOIR UNE CABANE TE PRÉCIPITE DANS L'ESCALADE AU PROGRÈS... ET VU L'AVANCE DE L'HOMME, TU DEVIENS OBLIGÉ DE...
GNNNN
HÉ ! LES GARS !
ON VIENT DE BRAQUER UN CAMION ! REGARDEZ CE QU'ON A TROUVÉ !!
C'EST NOTRE PLUS BELLE VICTOIRE !
ON A ENFIN LA TÉLÉ !
FCHHHH !
YEAAH
OUAIIS ! GÉNIAL ! INSTALLONS-LA TOUT D'SUITE !
OUAIIS
PIF
YIPS
EH ? ELLE VIENT PAS, LA LUMIÈRE SURNATURELLE ?
TU VAS CAUSER, MERDE !?
BON ?
ET APRÈS ?
Y'A PAS L'SON !
QUEL TEMPS Y'VA FAIRE ?
ON VEUT SAVOIR C'QU'ON DOIT FAIRE DEMAIN...
EST-C'QU'ON A GAGNÉ AU LOTTO ?
EST-C'QU'ON A TROUVÉ L'ASSASSIN DU PETIT GREGORY ?
C'EST TERRIBLE ! ON EN A PLEIN ET ELLES VEULENT MÊME PAS NOUS PARLER !!
SERAIENT-ELLES PROGRAMMÉES POUR NE CONSEILLER QUE L'HOMME !?
ÇA MARCHE PAS ! ON AURAIT MIEUX FAIT DE PIQUER DES MICRO-ONDES !

VIENS VITE, PETIT ! IL FAUT QUE JE SACHE !
J'EN AI RIEN À FOUTRE !!
C'EST LÀ QU'ON VA SAVOIR...
J'EN AI RIEN À FOUTRE !
POUT POUT POUT
PLUS BLANC
OMO
DAAALLAS
JE SAIS QUE T'EN AS RIEN À FOUTRE, MAIS PAR RESPECT POUR MON GRAND ÂGE, TU POURRAIS ME FILER UN COUP DE MAIN !
POUT POUT POUT POUT POUT
UNICEF
FONDATION BALAVOINE
Y'A PU L'ÉT'WICITÉ !
LI CASSÉ, BOW'DEL !
FAUT APPELER LI TECHNICIEN COOPÉ'WATION !
ME'WDE ! ON SAU'WA PAS QUI A TI'WÉ SU' JI. É. !
TU VAS SORTIR, IMAGE DE MERDE !?
Y'A PERSONNE ?
LES AMIS ! ATTENDEZ ! VOUS ALLEZ TOUT BOUSILLER... J'AI TOUT C'QU'Y FAUT !
PF PT PK TZ
UNICEF

J'AI PRESQUE FINI, LES GARS !
SURPRENANT, LA DÉGAINE DES NOUVEAUX ARBRES PROPOSÉS PAR LES HUMAINS...
ÇA A PAS L'AIR BIEN CONFORTABLE !
VOUS ALLEZ VOIR ! ÇA VA ÊTRE FABULEUX !
NOUS ALLONS ÊTRE INONDÉS PAR UN FLOT D'IMAGES CAPTIVANTES... CETTE BOÎTE RENFERME TOUT LE SAVOIR DES HOMMES !
LA MISE EN BRANLE DU SYSTÈME EST UN PEU COMPLIQUÉE, MAIS LA MAGNIFICENCE DU RÉSULTAT VAUT BIEN QU'ON S'FASSE UN PEU CHIER !
VROAP POUT POUT POUT POUT
HAN
CRRRRR
220V 75DBA 4,8KVA 8CV
HOULAAAH, C'EST QU'IL EST BRUYANT, CET ARBRE, EN PLUS !
PUIS Y PUE !
PUIS IL REND NERVEUX ... HOULAAAH !
T'AS VU DANS QUEL ÉTAT Y S'MET ?
ÇA VA MARCHER, OUI ? ÇA VA MARCHER ?
ZAP ZAP
BOM BOM
CROUIII
CROUIII
M... MES AMIS, VOICI ENFIN LA MARCHE À SUIVRE POUR L'ÉLÉVATION DE L'ESPÈC...
LA VIE
?!?
LA VIE DES BÊTES

HONK
HONK
HONK
GRAOOOOO
RAOOO
BONG
BONG CRAC
BONG
PENG BONG
BONG
IIRK
IIIRK
RAOO
HONK HONK
HOU HOU
PROT
ZIG ZIG
CROUMF MCHRF GLB
SALOPERIE DE CONNERIE DE MERDE !!
BONG
BONG
UN COMPLOT ! C'ÉTAIT UN COMPLOT CONTRE NOUS ! TOUT EST FOUTU !!
MEUUH NON !
JE SUIS HUMILIÉ !
ALLEZ, CHEF, DÉCONNE PAS ! PRENDS PLUTÔT UNE BANANE !
FINALEMENT, J'CROIS QU'T'AS RAISON, PETIT... ARBRE, BANANES ET ÉVENTUELL...
MIOM MIOM
!?
CRASH
JUSTE ARBRE ET BANANES ! J'TE PROMETS QU'ON S'FRA PLUS AVOIR !
R'MARQUE QU'UN P'TIT FRIGO POUR CONSERVER LES BANANES, ÇA S'RAIT P'TÊT PAS MAL !!

Lemon
TONIC
Lemon TONIC SODA DRINK
NEWS

ÇA A COMMENCÉ COMME D'HABITUDE ; ON AVAIT REPÉRÉ UNE AGITATION HUMAINE, ET, ASSOIFFÉS DE CONNAISSANCES ON S'EST APPROCHÉS POUR OBSERVER... CETTE FOIS-CI, C'ÉTAIT COMME UN CAMP RETRANCHÉ...
CE QU'IL Y AVAIT DE BIZARRE, C'EST QU'À L'INTÉRIEUR ON ENTENDAIT PLEIN DE CRIS D'ANIMAUX... ÉTAIT-CE DES PRISONNIERS ? IL FALLAIT QU'ON PERCE CE NOUVEAU SECRET HUMAIN... DÈS L'AUBE, ON PASSERAIT À L'ACTION...
ROAAARRR
GRAOOO
OUI MAIS EUX, LES PETITS FUTÉS, ILS ONT LEVÉ LE CAMP AVANT L'AUBE !
MMH ??
RRRRRRRrrr
C'EST NUL ! ON SAURA PAS !
ON VA VOIR QUAND MÊME... Y'Z'ONT P'T'ÊT OUBLIÉ DES TRUCS !
TIENS !! TU VOIS !!
QUI VA LÀ ?

EH !? QU'EST CE QUE TU FOUS LÀ, TOI ?
AH ! DES COLLÈGUES !
T'INQUIÈTE, VIEUX ! ON VA TE SORTIR DE LÀ !!
VOUS AFFOLEZ PAS, J'Y ARRIVE TRÈS BIEN !
BEN ALORS !?
MMOUAIS...
POURQUOI TU RESTES LÀ ?
BON... VOUS AVEZ VOS PAPIERS ?
DE QUOI ?
HEIN ?
MES P'TITS AMIS, DANS L'ENCEINTE DE CE CAMP, VOUS ÊTES SUR MON TERRITOIRE !
VOUS NE POUVIEZ DONC Y PÉNÉTRER QUE MUNIS DE PAPIERS !
OUAIS, J'VEUX BIEN, MOI... MAIS MONTRE-NOUS C'QUE C'EST...
QU'À C'LA N'TIENNE... HOP !
CRATCH
PAN
TROGLO
YTES
Chimpanzé
COMMANDITAIRE
zoo de Maubeuge
Livré en l'état
TAP
TAP
AH BON, C'EST ÇA ?
C'EST QUOI, CES GRIBOUILLIS ?
ÇA SERT À QUOI ?

MES PIÈCES D'IDENTITÉ, BANDE DE SAUVAGES ! CHEZ LES HUMAINS, TOUT L'MONDE EN A !!
AH OUAIIIS ?
LA CLAAASSE !
TIENS !! J'EN VOIS !
VOILÀÂ !
OUAIS, MOI, ICI !!
MOUAIS... ÇA SEMBLE EN RÈGLE...
HÉ ! ON EST EN RÈGLE !
PROCH
PROCH
ALLEZ ! J'VOUS FOUS UN VISA POUR DIX MINUTES !
PFFF LUIIII... IL EN SAIT, DES CHOOOOSES !
VOILÀ, JE VOUS LAISSE VISITER LE PAYS ! INTERDICTION DE LOGER CHEZ L'HABITANT ET DE PHOTOGRAPHIER LES BASES MILITAIRES !
TOP CHRONO !
MERDALORS ! T'AS MÊME L'HEURE !?
AMÈNE-TOI, ON VA VISITER !
FINALEMENT, C'EST PAS TERRIB' TERRIB', COMME PAYS À VISITER... Y'A RIEN, ICI !
LE SALAUD... IL A MÊME L'HEURE !!
BEN VOILÀ... ON EST AU BOUT... ON A FAIT L'TOUR !
BON ! ON S'CASSE ?
HEP ! VOUS, LÀ-BAS !
QU'EST-CE QU'Y S'PASSE, ENCORE ?

VOTRE VISA EST EXPIRÉ DEPUIS VINGT SECONDES ! VOUS AVEZ UNE MINUTE POUR QUITTER LE PAYS !
IL A L'HEURE ; MERDE, ÇA LE REND BEAU COMME UN HOMME !!
Y' COMMENCE À M' GONFLER, ÇUI-LÀ !
AU-DELÀ DE CE DÉLAI, IL Y AURA INGÉRENCE, ET JE SERAI EN DROIT DE...
DIS-DONC, MON P'TIT GARS, AVANT QUE TES HUMAINS DRESSENT LEUR CAMP, C'ÉTAIT UNE CLAIRIÈRE COMME LES AUTRES, ICI, NON ??
OUI MAIS, DEPUIS, DES FRONTIÈRES TOUTES NEUVES ONT ÉTÉ DESSINÉES PAR L'HOMME... VOUS SAVEZ CE QUE ÇA VEUT DIRE "PAR L'HOMME" ?!?
Jungle
nouveau territoire
Jungle
QU... QUELLE HEURE PEUT-IL BIEN ÊTRE ??
ÇA VEUT DIRE QU'ON PEUT PLUS Y TOUCHER ! CES FRONTIÈRES DÉLIMITENT UNE ENCLAVE HUMAINE DANS LA JUNGLE !
Jungle
FRRRRRR
ET QUAND ILS SONT PARTIS AVEC LEUR CHARGEMENT D'ANIMAUX CAPTURÉS, MOI, ILS ONT FAIT MINE DE M'OUBLIER... C'EST UN SIGNE QUI NE TROMPE PAS !
CE SECTEUR EST DÉSORMAIS PROTECTORAT HUMAIN, ET MOI, DEVENU LEUR AMBASSADEUR, JE SUIS LE GARANT DE SON INTÉGRITÉ TERRITORIALE !!
ET VOUS, IMMIGRÉS CLANDESTINS, VOUS ÊTES DES ESPIONS ENNEMIS !!
TU COMMENCES À ME LES BRISER !
NE L'AFFRONTE PAS, IL A L'HEURE... C'EST UN PRESQU' HUMAIN !
ICI, C'EST LA JUNGLE COMME AILLEURS ! ET TU VAS GICLER D'LÀ AVEC TES FRONTIÈRES !
BOUGEZ PAS ! VOUS ÊTES MES PRISONNIERS !
ZOU

MERDE ! ILS LUI ONT LAISSÉ UNE ARME ! ON EST FOUTUS !!
ALLEZ ! AVANCEZ... VOUS ALLEZ CONSTRUIRE VOUS-MÊMES VOTRE PRISON, CHIENS D'ÉTRANGERS !
VOUS INQUIÉTEZ PAS, J'AI UN PLAN !!
JE TE TIENS, CONNARD...
ALORS, QU'EST-C'QU'ON DEVIENT, MAINTENANT ?
C'EST QUOI, TON PLAN ?
VOUS AVEZ RIEN REMARQUÉ, ENCORE ? ON A FAIT LA PRISON AUTOUR DU SEUL ARBRE !!
ET ALORS ?
MAIS VOYONS !! DU COUP, CE PÉRIMÈTRE DEVIENT UNE ENCLAVE DE JUNGLE AU MILIEU DU TERRITOIRE HUMAIN !
ALORS, ON EST CHEZ NOUS, ICI ??
EXACTEMENT !
GÉNIAAAL ! DÈS QU'IL SE REND COUPABLE D'INGÉRENCE, ON L'EMPRISONNE, CE FUMIER D'ESPION !
Philuc 91

Philou
19.9.1991

VOIS-TU, J'AI FINI PAR COMPRENDRE MON ERREUR... FALLAIT PAS POURSUIVRE L'HOMME DANS SA FINALITÉ : PAS DU TOUT !! IL FAUT TOUT REPRENDRE DEPUIS LE DÉBUT !
Y' SERAIT PT'ET' TEMPS DE SE MAGNER SI ON VEUT ARRIVER À UNE CONCLUSION... LE TEMPS PASSE,
L'HEURE TOURNE...
LES MINUTES S'ENCHAÎNENT...
ET LES Z'GONDES S'ÉGRAINENT...
ET C'EST TOUT...
?
J'AI OUÏ DIRE, JADIS, DE LA BOUCHE D'UN VIEUX SAGE, QUE, Y'A UN CERTAIN TEMPS, UN MEC NOMMÉ PROMÉTHÉE, VOLA LE FEU AUX DIEUX POUR LE FILER AUX HOMMES...
CE FUT LE POINT DE DÉPART !
AH OUAIIIS ! PAS MAAAL !! GONFLÉ, LE MEC !
IL FAUT DONC QU'À NOTRE TOUR NOUS VOLIONS LE FEU AUX HOMMES POUR POUVOIR LES RATTRAPER !
ÇA PARAÎT SIMPLE ET LOGIQUE !
TRÈS BIEN ! ALORS, TU IRAS LEUR TCHOURER ÇA, DÈS L'INSTANT QUI VA SUIVRE CELUI-CI !
ÇA Y EST ! J'AURAIS DÛ FLAIRER LE PLAN FOIREUX !
PETIIIT... ARRÊTE !... TU L'AS DIT TOI-MÊME QUE C'ÉTAIT SIMPLE !! VAGUEMENT DÉGUISÉ, TU VAS DEMANDER DU FEU : C'EST TOUT ! C'EST BEAUCOUP MOINS RISQUÉ QU'À L'ÉPOQUE !
MMOUAIS...
PENSE À TOUTE LA GLOIRE QUI REJAILLIRA SUR TOI DÈS TON RETOUR !
ALLEZ, FONCE ! TOUT NOTRE AVENIR REPOSE DÉSORMAIS SUR TOI...
J'ME DISAIS AUSSI QU'ÇA F'SAIT COMME UN POIDS, LÀ, TOUT D'UN COUP...

'SUFFIT D'AVOIR L'AIR NATUREL ET DÉCONTRACTÉ...
BILONG
BILONG
SALUT POULETTE ! JEEE...
JBOUNG
C'ÉTAIT UN TRÈS MAUVAIS PLAN... VA FALLOIR TROUVER AUT'CHOSE...
ÇA DOIT ÊTRE PLUS FACILE DE VOLER LE FEU AUX HOMMES QU'AUX DIEUX... MERDE !
ILS SONT JUSTE LÀ ; À PORTÉE DE LA MAIN ! EN PLUS, LE FEU, ILS L'ONT D'JÀ DOMESTIQUÉ... ALORS, BON ! PAS DE PANIQUE !
ALLEZ, HOP ! UN DÉGUISEMENT PLUS DISCRET, ET C'EST REPARTI !
...M'IMMISCER DANS LEUR INTIMITÉ !
...LES ESPIONNER AVEC APPLICATION... ME FONDRE DANS LEUR DÉCOR...
...AU PRIX DE SACRIFICES TERRIBLES...
À UN MOMENT DONNÉ, JE CONNAÎTRAI TOUT DE LEURS SECRETS...
MAIS ÇA S'RA PAS SANS RISQUES !
... ET JE POURRAI LEUR PIQUER LE FEU...
'FAIT UN PEU CHAUD, LÀ, TOUT D'UN COUP !
TOUCHERAIS-JE AU BUT ?

BON, ALORS, QU'EST-C'QU'Y FOUT ?!
J'ARRIiiiVE !
T'AFFOLE PAS, PATRON ! Y'A PAS L'FEU !
TRES DROI
BING
PUTAIN, T'ES CON C'EST BRÛLANT, CE TRUC, MERDE !
ET ALORS ? Y'A PAS DE RAISON QU'Y' AIT QUE MOI QUI EN CHIE DANS CETTE QUETE !
QU'EST-CE QUE TU VEUX QU'JE FOUTE AVEC ÇA, MOI ?!
BEN C'EST ÇA, L'FEU, T'ES MARRANT, TOI ! J'ATTENDS PLUS QUE LES HONNEURS !
MERDALORS ! T'AS RAISON ! C'EST BIEN LUI !
HOLÀÀÀ. ÇA FLAMBE !!
ET ALORS ?! EXTRA, NON ?
EUH... JE SENS QU'ON VA TRÈS VITE SE HEURTER À DES NOUVEAUX PARAMÈTRES PLUTÔT COMPLEXES !...
UN PROBLÈME DE STOCKAGE, NON ???
BON, EUUUH... MOI, JE RETOURNE LÀ-BAS; Y'AVAIT UN TAS D'ACCESSOIRES LIVRÉS AVEC... Y'A P'TÊT AUSSI UNE NOTICE QUI NOUS EXPLIQUERA CE QU'ON FAIT EN CAS DE COMPLICATIONS !!
À TOUT'D'SUITE ! JE SENS COMME UNE URGENCE !!

VAS-Y, VIEUX! FOUS-Y LA GOMME!
ON VA Y ARRIVER!
BEN DIS DONC! QUELLE JOURNÉE!
HOUF... J'Y CROYAIS PUS, MERCI LES GARS!
SALUT À TOUS! FAUTE D'ARRIVER À BIEN LE STOCKER, JE CROIS QUE NOUS L'AVONS PARFAITEMENT MAÎTRISÉ!!
BON
BON BON BON
BON! ALORS, RÉFLÉCHISSONS UN P'TIT INSTANT... MALGRÉ CE LÉGER CONTRETEMPS, IL SEMBLE QUE FINA...
CHEEEF! ÇA Y'ESST!
AH!

J'SAIS PAS SI Y'A LA NOTICE, MAIS Y'A UN SACRÉ MATOS !
AAH... PETIT ! C'T'INCROYABLE... TU ME COMBLES ... JE RESTE SANS VOIX ... QUE DIRE ? QUE FAIRE DEVANT UNE TELLE AVALANCHE DE TECHNOLOGIES NOUVELLES ?
MOUILLE
MOUILLE
SUE
ME FILER UN P'TIT COUP DE MAIN POUR POSER TOUT ÇA, PEUT-ÊTRE ?
ÇA Y EST !! NOUS V'LÀ ÉQUIPÉS COMME DES HUMAINS... QU'EST-CE QU'Y PEUT ENCORE NOUS MANQUER, MAINTENANT ?!
UNE ALLUMETTE, NON ?